★ O MUNDO NA VISÃO DE ★
MICHAEL MOORE

# ★ O MUNDO NA VISÃO DE ★
# MICHAEL MOORE

## Ken Lawrence

**Tradução**
Rodrigo Alva

EDITORA BEST SELLER
*Rio de Janeiro*
2005

CIP-Brasil. Catalogação-na-fonte
Sindicato Nacional dos Editores de Livros, RJ.

Moore, Michael, 1954-

M813m   O mundo na visão de Michael Moore: um auto-retrato não autorizado nas palavras do próprio cineasta/[seleção e edição] Ken Lawrence; tradução Rodrigo Carvalho Alva. – Rio de Janeiro: Best Seller, 2005.

Tradução de: The world according to Michael Moore
ISBN 85-7684-055-3

1. Moore, Michael, 1954-. 2. Moore, Michael, 1954- Citações. I. Lawrence, Ken. II. Título.

05-1624

CDD – 927.9143023
CDU – 929.791.43.071.2.027

Título original norte-americano
THE WORLD ACCORDING TO MICHAEL MOORE
Copyright © 2003 by Bill Adler Books, Inc.
Publicado originalmente por Andrews McMell
Publishing, an Andrews McMell Universal Company, 4520 Main Street, Kansas City, Missouri 64111, EUA.

Capa: Studio Creamcrackers
Editoração eletrônica: DFL

Todos os direitos reservados. Proibida a reprodução, no todo ou em parte, sem autorização prévia por escrito da editora, sejam quais forem os meios empregados.

Direitos exclusivos de publicação em língua portuguesa
para o Brasil adquiridos pela
EDITORA BEST SELLER LTDA.
Rua Argentina, 171, parte, São Cristóvão
Rio de Janeiro, RJ – 20921-380
que se reserva a propriedade literária desta tradução

---

Impresso no Brasil

ISBN 85-7684-055-3

PEDIDOS PELO REEMBOLSO POSTAL
Caixa Postal 23.052 – Rio de Janeiro, RJ – 20922-970

# SUMÁRIO

Introdução 7

Sobre o Presidente George W. Bush 15
Sobre o ataque de 11 de Setembro 21
Sobre liberais e conservadores 27
Sobre os Estados Unidos 33
Sobre *The Awful Truth* 45
Sobre Osama bin Laden 47
Sobre *Tiros em Columbine* 49
Sobre o Presidente Bill Clinton 59
Sobre a ganância empresarial 61
Sobre *Fahrenheit 9/11* 65
Sobre armas 71
Sobre a guerra no Iraque 77
Sobre a mídia 81
Sobre ele mesmo 87
Sobre *Roger & Me* 95
Sobre *Stupid White Men* 105
Sobre partidos políticos 109
Sobre *TV Nation* 113

O que as outras pessoas dizem sobre
Michael Moore 119

# INTRODUÇÃO

Michael Moore, uma das figuras mais conhecidas na cultura popular de hoje, sempre inspira debates fervorosos. Com o sucesso de seu mais recente e provocante documentário, *Fahrenheit 9/11*, Moore mais uma vez entreteve, esclareceu e enfureceu espectadores com sua marca registrada de humor, sátira e comentários políticos transgressores.

Nascido em 1954 em Davison, Michigan, um distrito de Flint — na época sede de uma das maiores fábricas de carros da General Motors —, Moore cresceu em uma família irlandesa católica da classe operária. Seu pai e seu avô trabalharam na fábrica da GM, e Moore freqüentou a escola paroquial até os 14 anos, quando foi transferido para a Davison High School. Para ganhar um distintivo por mérito dos Escoteiros, Moore certa vez criou uma seqüência de *slides* explicando como as empresas poluíam o meio ambiente. Alguns dizem que este foi o início de sua atividade política.

Aos 18 anos e prestes a terminar o ensino médio, em 1972, Moore concorreu e ganhou uma cadeira no

Conselho Escolar de Flint e tornou-se uma das pessoas mais jovens nos Estados Unidos a ocupar um cargo público. Depois de se formar, esperava-se que Moore fosse trabalhar na fábrica da GM, assim como seu pai e seu avô. No entanto, quando este dia chegou, ele entrou em pânico e decidiu que não servia para o trabalho na fábrica. Ele estudou durante um curto período na Universidade de Michigan, em Flint, mas desistiu para concentrar-se em suas atividades políticas.

Em 1976, Moore começou a trabalhar no jornal alternativo *Flint Voice*. Mais tarde, com ele como editor, o periódico passou a se chamar *Michigan Voice* e tornou-se um dos jornais alternativos mais respeitados e admirados do país. Cerca de dez anos depois, Moore recebeu um convite para fazer parte da renomada revista de contracultura *Mother Jones*, em São Francisco, mas o tempo que passou lá foi bastante curto. Após redigir um artigo sobre um operário da indústria automobilística, Moore começou a discordar do direcionamento da revista. Segundo boatos, ele se recusou a publicar um artigo crítico sobre os sandinistas da Nicarágua, uma história que achava ser incorreta e injusta, e acabou despedido. Sua passagem pela revista durou menos de dois anos.

Afundando-se em depressão, Moore assistia a filmes quase sem parar para manter a cabeça longe dos

## INTRODUÇÃO

problemas. Foi durante esse período que decidiu retornar a Flint armado com uma câmera. Moore achou que talvez conseguisse transmitir melhor suas idéias em filme do que por escrito.

Como ele mesmo afirma, estava assistindo à televisão quando ouviu sobre o fechamento da fábrica da GM em Flint, apesar do enorme lucro gerado pela empresa. Ao sentir que aquilo era injusto com os trabalhadores e com o restante da cidade, decidiu fazer um filme sobre como o fechamento da fábrica afetaria o lugar. Moore foi bastante inocente para pensar que poderia passear com o presidente da GM, Roger Smith, e discutir com ele na frente da câmera a tragédia que o fim da fábrica causaria a Flint.

Moore vendeu sua casa e usou parte do dinheiro recebido pela demissão da *Mother Jones* para financiar o filme, porém as sucessivas tentativas de entrevistar Smith foram por água abaixo. Sem se intimidar, Moore transformou os clipes de suas tentativas de entrevistar Smith em *Roger & Me*, um documentário irônico sobre a ganância empresarial. O filme de baixo orçamento, de 1989, fez história e se tornou um dos maiores documentários da época, dando o primeiro passo do gênero no cinema. Até aquele momento, os documentários, em sua maioria, eram sombrios e secos. Embora *Roger & Me* abordasse um assunto sério, era muito engraçado.

Após o sucesso crítico e financeiro de *Roger & Me*, Moore trabalhou em vários filmes pequenos e fez um longa com John Candy, intitulado *Canadian Bacon*. O enredo da sátira baseava-se nos Estados Unidos declarando "Guerra Fria" ao Canadá. O filme, por causa da morte de John Candy, ficou preso em litígio pouco depois de terminado e nunca conseguiu ser lançado.

Em 1994, Moore entrou para a televisão com *TV Nation*, na rede NBC. Embora o programa tenha sido aclamado pela crítica, seus índices de audiência e os comentários mordazes de Moore não agradavam aos diretores do canal. A NBC cancelou o programa após uma temporada. A rede FOX o relançou, mas novamente os índices de audiência eram baixos e o programa foi suspenso após uma temporada.

Para reagir à tendência empresarial de redução de pessoal, em 1996 Moore escreveu *Downsize This! Random Threats from an Unarmed American* (Harper USA, 1997), que foi ao topo das listas de mais vendidos dos Estados Unidos. Em 1997, durante o *tour* do seu livro, Moore se aventurou novamente pelos documentários e criou *The Big One*, um olhar sobre a injustiça econômica no país, mas este não conseguiu superar o sucesso de *Roger & Me*.

Moore voltou à televisão em 1999 com *The Awful Truth*, um olhar satírico sobre eventos da época, seme-

## INTRODUÇÃO

lhante ao *TV Nation*. Incapaz de encontrar patrocínio para a sátira sobre os Estados Unidos dentro do próprio país, Moore acabou recebendo apoio do canal britânico Channel Four, e o programa foi exibido pelo canal cabo Bravo por duas temporadas.

Irritado pelo fiasco da eleição de 2000 e pela administração de George W. Bush, Moore voltou a escrever e lançou *Stupid White Men — Uma nação de idiotas* (Francis, 2003), que seria lançado no segundo semestre de 2001. Quando aconteceu o ataque terrorista de 11 de Setembro, a editora HarperCollins solicitou que Moore diminuísse as críticas ao presidente Bush, mas ele se recusou a fazer isso. A editora então ameaçou descartar o livro caso Moore não se censurasse e se adequasse ao estado de espírito da nação. Durante um período parecia que o livro nunca seria publicado, mas Moore deu sorte.

Ao fazer uma apresentação para um grupo de bibliotecários, ele mencionou seu "novo" livro. Depois de explicada a situação, um bibliotecário iniciou uma campanha por *e-mail* que foi abraçada pelos seus colegas. Os bibliotecários viram a questão como censura e apoiaram Moore. O grupo fez pressão para a HarperCollins publicar o livro da forma como Moore o havia escrito. Cedendo à pressão do grupo de compradores a editora lançou *Stupid White Men* no primeiro semestre de 2002. Ele se tornou de imediato um *best-seller*.

No mesmo ano, Moore lançou *Tiros em Columbine*, uma visão crítica sobre as armas e a cultura norte-americana da violência. O filme tornou-se o primeiro documentário a ser exibido no Festival de Cannes em quase 50 anos e recebeu o Prêmio do Júri do festival. Recebeu também o Oscar como Melhor Documentário em 2002. Na premiação, Moore denunciou em seu discurso o Presidente Bush e a guerra no Iraque. O incidente causou uma reação forte em ambos os lados da questão da guerra e colocou Moore no centro de um incêndio político.

Porém a coroação cinematográfica de Moore ainda estava por vir.

Com a nação dividida em relação ao apoio à guerra no Iraque, o desempenho do Presidente Bush na economia e a guerra contra o terrorismo, *Fahrenheit 9/11*, uma investigação rigorosa sobre a guerra e o relacionamento questionável de Bush com a família real saudita e a família bin Laden, foi lançado na primeira metade de 2004.

O filme recebeu uma ovação de pé durante 20 minutos e ganhou a Palma de Ouro no Festival de Cannes em 2004 — o primeiro documentário a ser contemplado com este importante prêmio. Mas Moore teve problemas em casa quando a Walt Disney Co.

## INTRODUÇÃO

proibiu sua subsidiária, Miramax, de distribuir o filme. Após muita negociação, Bob e Harvey Weinstein, da Miramax, compraram o contrato da Disney e o filme passou a ser distribuído em junho de 2004 pela empresa dos Weinstein, o Fellowship Adventure Group, o IFC Films e o Lion's Gate.

*Fahrenheit 9/11* estreou em salas lotadas e faturou mais de 20 milhões de dólares nas bilheterias em seu primeiro fim de semana de exibição, não apenas ofuscando o sucesso financeiro de *Tiros em Columbine*, mas também se tornando o maior documentário de todos os tempos.

Michael Moore é firme em suas convicções e claramente apaixonado pelo que faz. Embora pareça radical para alguns, o público norte-americano presta atenção no que ele tem a dizer.

Eis aqui, então, Michael Moore em suas próprias palavras.

## SOBRE O PRESIDENTE GEORGE W. BUSH

"Eu não acredito que nós temos um cara sentado na Casa Branca que não ganhou a eleição. E eu nunca vou esquecer isso. Nunca irei me calar sobre isso."

— *Los Angeles Times*, 7 de março de 2002

"Ele é um mentiroso em série. (...) Ele mentiu ao país sobre armas de destruição em massa, sobre armas químicas e biológicas no Iraque, sobre Saddam Hussein ter algo a ver com o 11 de Setembro, e assim por diante."

— *Lou Dobbs Tonight*, 14 de outubro de 2003

## O MUNDO NA VISÃO DE MICHAEL MOORE

"**E**u acho que os Bush devem algo à família real saudita. Acredito que essa é uma das razões pelas quais o Príncipe Bandar, o embaixador saudita, pôde ligar para a Casa Branca antes de completar 24 horas do ataque de 11 de Setembro e dizer: 'Eu gostaria de uma carona para fora do país para os 24 membros da família bin Laden e os 140 membros da família real saudita.' E a Casa Branca disse: 'Claro.'"

— *The Daily Show*, 6 de junho de 2004

"**A**credite, eles têm um relacionamento tão próximo que a família real saudita se refere ao pai dele como Bandar Bush. Eles já até lhe deram um apelido dentro da família real. Isto mostra o quanto são íntimos."

— *Democracy Now!*, 15 de outubro de 2003

## SOBRE O PRESIDENTE GEORGE W. BUSH

"Ninguém aprova esse cara; ele sequer foi eleito pelas pessoas. Esse foi um golpe de proporções imensuráveis. Devíamos nos sentir muito ultrajados e continuar mostrando a nossa indignação, não importa para quem foi o seu voto."

— Discurso perante o Commonwealth Club,
4 de março de 2002

"Eu não preciso me preocupar com entretenimento. O Bush me proporciona todo o entretenimento no filme. As falas mais engraçadas (do *Fahrenheit 9/11*) são dele. Eu tenho que dar crédito a ele em relação a isso. (...) Sabe como é, eu não conseguiria escrever textos como os que ele fala."

— *The Tavis Smiley Show*, 29 de junho de 2004

## O MUNDO NA VISÃO DE MICHAEL MOORE

"Era o primeiro dia da temporada de beisebol na inauguração do Enron Field em Houston. Bush entra no avião da Enron e vai para lá. E eu, lendo essa história, penso: 'Ah, provavelmente para lançar a primeira bola.' Certo? Não, o grande Kenny (Kenneth Lay, ex-presidente da Enron) iria fazer o primeiro lançamento. (Bush) só quis estar lá para assistir."

— *The Daily Show*, 21 de fevereiro de 2002

"Esse é um vídeo caseiro de uma professora que havia colocado a câmera em um tripé. E vou dizer uma coisa, estamos sendo bonzinhos com o Bush. Vocês deveriam ver a versão mais longa (em *Fahrenheit 9/11*), na qual eu deixo a imagem rodando durante uns três dos sete minutos. É doloroso. Doloroso!"

— *Entertainment Weekly*, 9 de julho de 2004

## SOBRE O PRESIDENTE GEORGE W. BUSH

Moore foi até a Casa Branca e deixou um exemplar de seu livro *Cara, cadê o meu país?* (Ed. W11, 2004) Depois de ouvir pelo interfone que ele deveria mandar o livro pelo correio para o presidente, Moore pediu ao motorista de uma van que estava passando pelo portão para entregar o livro para ele. "Você pode entregar um exemplar do meu livro para o presidente? Nenhuma palavra tem mais de três sílabas!"
O motorista se recusou.
"Eu achei que eles pudessem pegar o livro, mesmo que fosse apenas para achar erros de digitação. Esses erros podem ser uma ameaça para a segurança nacional."

— *Washington Post*, 11 de outubro de 2003

# SOBRE O ATAQUE
# DE 11 DE SETEMBRO

"Se você parar para pensar, isso tudo surgiu de uma caverna no Afeganistão? Se eu não consigo ligar de um celular daqui para o Queens, então como exatamente o gênio do mal conseguiu organizar tudo? Não estou dizendo que ele não tenha nada a ver com isso ou que não esteja envolvido, só acho que esta é uma pergunta que deve ser feita."

— *Democracy Now!*, 15 de outubro de 2003

"Eu quero que a justiça seja feita com todos os envolvidos. E aqueles que não estavam fazendo seu trabalho para evitar que isso acontecesse, eu quero que sejam demitidos."

— *The Daily Show*, 21 de fevereiro de 2002

*O MUNDO NA VISÃO DE MICHAEL MOORE*

"**Q**uando tudo é tão perfeito e 15 dos 19 são de um país, um país de relações e negócios muito próximos, então o que está acontecendo? Não estou dizendo que, mesmo que eles estejam envolvidos 'devamos bombardear a Arábia Saudita'. Mas vamos ver as coisas como elas são."

— *Denver Post*, 18 de outubro de 2002

"**E**les são assassinos e devem ser levados à justiça. Mas vamos parar para analisar isso, pessoal. Temos a administração Bush usando este evento de uma maneira desrespeitosa e imoral. Eles estão usando as mortes dessas pessoas para tentar retalhar a nossa liberdade civil, mudar nossa Constituição e enrolar as pessoas. Não é assim que vamos honrar os que morreram, usando-os para mudar nosso modo de vida como um país livre."

— *60 Minutes*, 27 de junho de 2004

## SOBRE O ATAQUE DE 11 DE SETEMBRO

"**P**or que não chamamos isso de terrorismo multimilionário? Por que não olhamos bin Laden como um multimilionário primeiro, em vez de alguém que pratica o islamismo? É isso o que ele é; ele é um multimilionário. Aqueles que pilotavam os aviões não eram pobres camponeses. Essa foi uma operação militar, financiada por pessoas em um governo que é amigo da família Bush há 40 anos."

— *South Florida Sun-Sentinel*, 20 de outubro de 2002

"**D**eixem-me fazer uma pergunta: 'Você acredita em qualquer uma dessas coisas o suficiente para pilotar um avião a mais de 650 km/h contra um prédio?' Não, não acredita. Nem eu. Mas o seu inimigo acredita. E se ele acredita, quem irá vencer no final? Esta é uma pergunta arrepiante que nós não queremos enfrentar."

— *Rocky Mountain News*, 19 de outubro de 2002

*O MUNDO NA VISÃO DE MICHAEL MOORE*

"**S**e é que serviu para alguma coisa, o 11 de Setembro apenas confirmou o que eu já dizia em (*Tiros em Columbine*): 'Temos essa cultura da violência e somos tanto mestres quanto vítimas disso. E porque somos mestres, podemos alterar o papel da vítima.' Podemos escolher ser diferentes. Escolher tratar o resto do mundo de uma maneira diferente. Podemos, de verdade, torná-lo melhor. Muitos países não podem afirmar isso. Nós, sim. Então, por que não o fazemos?"

— *Toronto Star*, 7 de setembro de 2002

## SOBRE O ATAQUE DE 11 DE SETEMBRO

"Enquanto a maioria de nós estava assistindo aos horrores do 11 de Setembro, chorando e enaltecendo as ações de bravos bombeiros e policiais, os executivos da Enron em Houston estavam cuidando de suas ações e tentando descobrir quantos milhões de dólares eles podiam conseguir antes das ações da empresa caírem vertiginosamente. Esses não são os patriotas. Esses são a verdadeira ameaça a este país."

— Para a platéia na livraria Tattered Cover, em Denver, em 9 de março de 2002, noticiado pelo *Denver Post*, 10 de março de 2002

*O MUNDO NA VISÃO DE MICHAEL MOORE*

"**O**s ricos estão sempre querendo se livrar de nós. Os ricos causaram o 11 de Setembro — não foram os pobres do mundo que mataram três mil norte-americanos... E eles foram liderados por um milionário, Osama bin Laden, e financiados em parte pela família real saudita. (...) Nos concentramos na nacionalidade árabe (de bin Laden) e na sua religião, mas não no seu dinheiro."

— *Sacramento Bee*, 23 de outubro de 2003

## SOBRE LIBERAIS E CONSERVADORES

"Sobre os conservadores e os de direita, uma coisa que temos de admirar neles é que quando acreditam em algo de verdade, nunca mais abandonam sua crença. Eles acordam pela manhã e saúdam o amanhecer acreditando naquilo. Nós sequer notamos o amanhecer."

— Discurso perante o Commonwealth Club,
4 de março de 2002

*O MUNDO NA VISÃO DE MICHAEL MOORE*

"**O**s únicos socialistas, seja lá o que esta palavra quer dizer, as únicas pessoas, em outras palavras, creio eu, que querem que o governo cuide delas são os Bush, os Cheney, os WorldCom e os Enron. Eles são as pessoas que querem que o governo conceda isenção de impostos, para se certificar de que podem transferir seus quartéis-generais para as Bermudas ou as ilhas Caimã."

— *Crossfire*, 8 de agosto de 2002

"**D**iferentemente da maior parte da esquerda, eu consegui alcançar uma ampla audiência, algo que a esquerda geralmente não consegue. E isso é perigoso, eles precisam deter isso."

— *Fort McMurray Today* (Edmonton, Alberta), 22 de junho de 2004

## SOBRE LIBERAIS E CONSERVADORES

"Eu acho que chegou a hora de agradecermos aos líderes liberais os seus esforços e pedirmos a eles para sumirem."

— *Minneapolis Star Tribune*, 8 de outubro de 1996

"Nós somos muito preguiçosos para sair da cama. Este é o nosso problema. Os conservadores já estão de pé às seis da manhã. Eles acordam, dão bom-dia ao sol e ferram os pobres. Eles já estão botando pra quebrar e anotando nomes enquanto ainda estamos procurando um *cappuccino*."

— *Times* (Londres), 25 de outubro de 2002

## O MUNDO NA VISÃO DE MICHAEL MOORE

"**S**abe como é, eu sou muito otimista em relação ao nosso povo. O problema é que eles não têm ninguém em quem votar. Eles são liberais nas questões debatidas, mas onde estão os líderes liberais?"

— *Democracy Now!*, 15 de outubro de 2003

"**V**árias pessoas que se autodenominam liberais estão dispostas a fazer acordos, ceder e começar a retroceder."

— Discurso perante o Commonwealth Club, 4 de março de 2002

"**V**ocês precisam entender que quando se vem de Flint, Michigan, não existe esquerda. Não há uma comunidade de esquerda, nenhum café em que você vá pedir um *latte* e conversar sobre essas coisas. Meu engajamento político vem do crescimento em uma família operária irlandesa e católica."

— *Los Angeles Times*, 7 de março de 2002

## SOBRE LIBERAIS E CONSERVADORES

"Liberais que afirmam: 'Vou mandá-lo para uma escola em um centro decadente para tornar as coisas melhores', são muito mal orientados politicamente. Não foi seu filho de cinco anos quem criou essa sociedade racista, segregada e baseada em classes na qual vivemos."

— *Playboy*, 1º de julho de 1999

"Eu me mudei para cá (Nova York) no início da década de 1990, e a cidade é hoje, em muitos aspectos, um lugar muito melhor de se viver. Os liberais não gostam de admitir isso, mas é verdade."

— *New York Daily News*, 11 de abril de 1999

# SOBRE OS ESTADOS UNIDOS

"Sempre que há uma nova invenção todos os empresários vão à sua caça, e por causa desse maravilhoso sistema econômico que nós chamamos de capitalismo o medíocre chega ao topo, e você acaba com VHS em vez de Beta, com IBM em vez de Apple. O mais medíocre vence. É uma espécie de darwinismo deste tipo de sistema econômico."

— Respondendo a perguntas da platéia após um discurso no Commonwealth Club, 4 de março de 2002

*O MUNDO NA VISÃO DE MICHAEL MOORE*

"Temos dois milhões de presos hoje. É claro que este é o caminho mais fácil. (...) O difícil é dizer: 'Sabe de uma coisa? Se trabalharmos contra o desemprego e se tivermos um plano de apoio para os desempregados, em que garantíssemos a todos uma maneira de passar o dia, a semana e o mês, teríamos uma queda enorme no índice de criminalidade.'"

— Ao público no cinema Showcase Cinema West em Flint, Michigan, na estréia de *Tiros em Columbine* em sua cidade natal, citado por AlterNet.org, 20 de novembro de 2002

## SOBRE OS ESTADOS UNIDOS

"**A** maioria de nós sabe que para um país que possui ideais tão maravilhosos, não temos vivido de acordo com o que pregamos, em diversos sentidos. O que há de patriótico a ser feito é almejar tornar este país o que seus fundadores queriam que ele fosse. Qualquer um que trabalha duro para isso, seja conservador ou liberal, está agindo como um verdadeiro norte-americano."

— *Entertainment Weekly*, 9 de julho de 2004

"**E**xistem milhões de pessoas como vocês do lado de fora do campo e eu sou uma espécie de treinador dizendo: 'Vamos, reservas, entrem no jogo!'"

— *Time*, 12 de julho de 2004

*O MUNDO NA VISÃO DE MICHAEL MOORE*

"**E**u sou um cidadão em uma democracia. Dizer que sou ativista seria redundante. Não é um esporte de espectadores. Se todos deixarem de participar, isso não irá mais funcionar."

— *Interview*, 1º de novembro de 2002

"**C**oletivamente, enquanto sociedade, apoiamos o medo que nos é vendido. As grandes corporações, a mídia... Vários grupos diferentes se beneficiam do medo do público."

— *Boston Globe*, 27 de outubro de 2002

"**S**abem, eu realmente acho que deveríamos almejar ser mais canadenses. Se fizéssemos isso, viveríamos em um país mais seguro e sadio. E temos de admirar qualquer grupo de pessoas que tenha colocado uma folha em sua bandeira."

— *Entertainment Weekly*, 25 de outubro de 2002

## SOBRE OS ESTADOS UNIDOS

"**A** atitude deles é: 'Somos todos canadenses. Todos temos responsabilidades uns com os outros. Por quê? Porque somos canadenses, droga!' A nossa ética? 'Cada um por si. Suba na vida com seu próprio esforço.' Isso cria esse estresse. (...) Temos 250 milhões de armas em nossos lares. Então, alguém fica deprimido, algo acontece com o vizinho, alguém não gosta do que aconteceu no trabalho, e lá está a arma. Setenta por cento de nossos assassinatos acontecem entre pessoas que se conheciam."

— *Philadelphia Inquirer*, 22 de outubro de 2002

*O MUNDO NA VISÃO DE MICHAEL MOORE*

"**S**e as pessoas pudessem ser convencidas a acreditar que o inimigo estava em todo lugar e poderia atacar a qualquer momento, elas dariam ao seu líder o que ele quisesse. Liberdade. Direitos civis. Eu acho que essa é a abordagem que esses caras — Bush, Ashcroft, Cheney e seus camaradas — estão tendo ao usar o 11 de Setembro como uma maneira de levar seus projetos adiante, deixando todos tão aterrorizados que as pessoas estão permitindo que eles façam o que quiserem."

— *South Florida Sun-Sentinel*, 20 de outubro de 2002

"**P**or muito tempo tivemos em nossas mãos a liberdade que nos permitia fazer as coisas da nossa maneira. Podemos comprar bandeirinhas e adesivos. Podemos dizer em altos brados 'Viva a América'. Mas se for necessário, você vai lutar pelo que representa este país: a liberdade e a democracia?"

— *Rocky Mountain News*, 19 de outubro de 2002

## SOBRE OS ESTADOS UNIDOS

"**S**e todos tivessem um emprego decente e ganhassem 50 mil dólares por ano, então essas pessoas teriam casa própria, transporte e seriam capazes de mandar seus filhos para a escola. Será que seu vizinho entraria na sua casa e roubaria a sua televisão? Claro que não. Qual é a chance de alguém que ganha 50 mil por ano assaltar você na rua? Nenhuma. Por que você não iria apoiar um salário decente para as pessoas se isso lhe garantisse sua própria segurança?"

— *Chicago Sun-Times*, 3 de outubro de 2002

"**A** grande maioria dos norte-americanos diz querer leis ambientais mais fortes, acreditar nos direitos das mulheres e querer leis de controle de armas; percorrendo a lista, vemos que eles são muito liberais ao debater idéias."

— *The Daily Show*, 6 de junho de 2004

*O MUNDO NA VISÃO DE MICHAEL MOORE*

"**O** problema não é Roger Smith, nem a General Motors, é um sistema econômico que não é imparcial nem justo, e não podemos ter uma democracia até que ele seja."

— *Independent* (Londres), 25 de fevereiro de 1990

"**S**ou sempre otimista no início de um ano. Esta atitude enfraquece após o primeiro pronunciamento do presidente ao Congresso."

— *Chicago Tribune*, 25 de dezembro de 1994

"**A** melhor coisa do Meio-Oeste é a total falta de pretensão. Você não vê isso em Nova York ou Los Angeles. As pessoas são exatamente quem elas são."

— *Chicago Tribune*, 30 de agosto de 1994

## SOBRE OS ESTADOS UNIDOS

"**E**u não acho que dê para diferenciar violência, seja o marido que bate na esposa ou uma empresa que constrói um míssil para matar milhares de pessoas. Existe algo em nós que implicitamente perdoa a violência como um meio para um fim."

— *Rocky Mountain News*, 7 de março de 2002

"**O** sonho americano acabou. As pessoas estão trabalhando mais, durante mais horas, por menos dinheiro, e desprovidas de qualquer segurança. Isso é o que vem acontecendo nos últimos dez ou 15 anos."

— *Cleveland Plain Dealer*, 25 de julho de 1994

*O MUNDO NA VISÃO DE MICHAEL MOORE*

"**A**cho que o público norte-americano é muito mais inteligente do que Hollywood acredita. Basta ver quais são os dez programas com maior audiência na semana passada para saber o que essas pessoas assistem. Não assistem a esses programas idiotas. Elas assistem a *Roseanne, Seinfeld, Grace Under Fire* e *60 Minutes*."

— *Dallas Morning News*, 19 de julho de 1994

"**E**xiste algo na sátira e na ironia da classe operária que parece estar faltando à nossa língua nacional."

— *American Demographics*, janeiro de 1998

## SOBRE OS ESTADOS UNIDOS

"As pessoas se cansaram de ficar caladas durante os últimos seis meses. Elas se ressentem de terem pensado que se questionassem as decisões do governo — ou, que Deus perdoe, discordassem —, elas estariam sendo de alguma forma antipatriotas."

— Um *e-mail* de Michael Moore para as pessoas que o apoiavam, conforme citado pelo *Guardian*, 27 de março de 2002

"Vivemos em um país que é iletrado ironicamente."

— *South Florida Sun-Sentinel*, 10 de abril de 1999

## SOBRE *THE AWFUL TRUTH*

"**E**u vejo o programa como (o cruzamento entre) a Federação de Luta Livre Mundial e a C-SPAN. Se você conseguir imaginar essas duas coisas juntas, é mais ou menos isso que estamos fazendo."

— CNN.com, 27 de abril de 1999

"**C**erta vez, Moore convenceu uma empresa a recontratar um homem que ela havia demitido por ter estado em uma manifestação.

'De vez em quando realizaremos feitos como este. Mas se for apenas hilário, tudo bem.'"

— *Toronto Sun*, 15 de maio de 1999

*O MUNDO NA VISÃO DE MICHAEL MOORE*

"**S**ou a favor da coisa meio retrocomunista — criei um subtítulo para *The Awful Truth*, A República Democrática das Pessoas da Televisão."

— *Scotsman*, 3 de março de 1999

"**E**u adoro a ironia nisso. Precisei sair dos Estados Unidos para conseguir dinheiro para fazer um programa sobre os Estados Unidos."

— *Chicago Sun-Times*, 4 de fevereiro de 1999

"**U**ma das principais funções da sátira (como em *The Awful Truth*) é confrontar questões desconfortáveis. A sátira não foi feita para ser um tipo discreto de comédia que você pode encontrar em qualquer canal. A sátira pressupõe que a audiência tenha cérebro."

— *Fort Worth Star-Telegram*, 9 de junho de 1999

# SOBRE OSAMA BIN LADEN

"**E**ntão, depois de toda conversa sobre capturar bin Laden, eles se dispuseram a uma fraca tentativa, porque não queriam desviar recursos daquilo que era o objetivo principal: invadir o Iraque. E é isso o que vem acontecendo desde o primeiro dia."

— *CNN Live Today*, 25 de junho de 2004

"**A** família bin Laden e seus sócios durante os últimos 30 anos investiram um bilhão e meio de dólares na família Bush e em seus negócios e associados, e isso faz parte de documentos públicos. Vocês podem averiguar."

— *The Daily Show*, 6 de junho de 2004

*O MUNDO NA VISÃO DE MICHAEL MOORE*

"**S**eis bilhões de pessoas no planeta (e) o cara supostamente responsável pelo pior ato terrorista em nosso solo — e também a sua família — parece conhecer e ter relações de negócios com a principal família deste país."

— *Democracy Now!*, 15 de outubro de 2003

## SOBRE *TIROS EM COLUMBINE*

"Em nome dos nossos produtores, elenco, Lynn Glynn e Michael Donovan do Canadá, eu gostaria de agradecer à Academia por isso.

Convidei meus companheiros indicados para subirem ao palco conosco. E nós gostaríamos — eles estão aqui, eles estão aqui em solidariedade a mim, porque gostamos de fatos reais.

Gostamos de fatos reais e vivemos em tempos de ficção. Vivemos em uma época em que os resultados de eleições fictícias elegem um presidente fictício. Vivemos em uma época em que um homem nos manda para a guerra por razões fictícias, seja pela ficção da fita adesiva\* ou pela ficção dos Alertas Laranja.

---

\* Referência à recomendação do secretário de Segurança Interna dos Estados Unidos, Tom Ridge, para que a população vedasse suas casas com fita adesiva e plástico para se protegerem de armas químicas e biológicas em caso de ataques terroristas (*N. do T.*)

*O MUNDO NA VISÃO DE MICHAEL MOORE*

Nós somos contra essa guerra, Sr. Bush. Que vergonha, Sr. Bush. Que vergonha. E quando chega o momento em que você tem o papa e as Dixie Chicks contra você, é porque seu tempo acabou. Muito obrigado."

— Discurso no recebimento do Oscar por Melhor Documentário em 2002

"**D**urante os meses seguintes, eu não conseguia andar nas ruas sem sofrer algum tipo de abuso. Ameaças de violência física, pessoas querendo brigar comigo, dizendo na minha cara: 'Vá se f...! Você é um traidor!' Pessoas se aproximando de carro e gritando. Outras cuspindo na calçada. Até que eu parei de sair de casa."

— *Entertainment Weekly*, 9 de julho de 2004

## SOBRE *TIROS EM COLUMBINE*

"A animação dá a você a liberdade de dizer coisas que precisam ser ditas. Esta parte específica do meu filme, 'A breve história dos EUA', tem o potencial de ser um comprimido bastante amargo para muitos espectadores engolirem, pelo jeito que eu mostro como chegamos ao ponto em que estamos. E a animação é a grande colher de açúcar que ajuda o remédio a descer."

— *Los Angeles Times*, 1º de novembro de 2002

"Na Suíça é lei. Você precisa ter uma arma em cada residência porque eles não têm um exército de prontidão. E ano passado eles tiveram 75 assassinatos. É claro, a proliferação de armas não é a única causa dos assassinatos e da violência que temos nos Estados Unidos. São outras coisas. E são essas coisas que eu quero ressaltar no filme."

— *Milwaukee Journal Sentinel*, 30 de outubro de 2002

*O MUNDO NA VISÃO DE MICHAEL MOORE*

"**A** ética norte-americana é 'que se danem todos', cada um por si... Eu, eu, eu, eu.

E agora a Grã-Bretanha está seguindo o mesmo caminho. Eles estão adotando a ética norte-americana. Eu quero que este filme seja um aviso. Aqui está o resultado da ética norte-americana."

— *Time Out*, 30 de outubro de 2002

"**E**ste filme poderia ser lançado em qualquer semana nos Estados Unidos e seria oportuno."

— *Independent* (Londres), 28 de outubro de 2002

"**E**u vejo boliche como algo bastante norte-americano, como um esporte norte-americano. O outro esporte norte-americano é a violência. Eles foram para a sua aula favorita, boliche, de manhã. Eu acho que passaram apenas de um esporte para outro."

— *Boston Globe*, 27 de outubro de 2002

## SOBRE *TIROS EM COLUMBINE*

"**E**ste é um filme sobre os Estados Unidos — mestre e vítima da violência. E o que precisamos fazer para mudar isso, porque isso acaba destruindo nossas famílias, nossa vizinhança e o mundo como um todo."

— *Houston Chronicle*, 26 de outubro de 2002

"**O** Schwarzenegger pode matar três mil em um filme, e com censura para 13 anos!"

— *Detroit News*, 25 de outubro de 2002

"**E**u amo meu país. Amo as pessoas deste país e amo ser norte-americano. Eu estou tentando fazer isso para nos tornar melhores."

— *South Florida Sun-Sentinel*, 20 de outubro de 2002

*O MUNDO NA VISÃO DE MICHAEL MOORE*

"Sempre admirei os antigos diretores que usavam a comédia e a sátira como forma de discutir ou chamar a atenção para as condições sociais, como Charlie Chaplin, Will Rogers e até mesmo os irmãos Marx. Eu espero que as pessoas riam com este filme mais do que já riram em qualquer outro filme há anos — mas espero também que precisem segurar as lágrimas."

— *USA Today*, 11 de outubro de 2002

## SOBRE *TIROS EM COLUMBINE*

"A maior parte do que está nesse filme surgiu totalmente sem planejamento. Mas, em geral, é assim que eu sempre trabalho. Sei o que quero dizer, mas não planejo como fazer isso. Eu não fiz curso de cinema. Só tive um ano de faculdade e pronto. Nunca aprendi a escrever uma tese ou a planejar as coisas estruturalmente. E isso torna o filme muito mais interessante. Você não sabe que caminho ele está seguindo. E eu também nunca sei para onde ele está indo."

— *Newsday*, 10 de outubro de 2002

## O MUNDO NA VISÃO DE MICHAEL MOORE

"Infelizmente, muitos documentários, especialmente os de esquerda, não têm senso de humor. Eu não quis fazer uma palestra; eu quis levar as pessoas para um passeio em uma montanha-russa emocional, como qualquer filme bom, com contraste cômico suficiente para tornar a parte pesada tolerável. Caso contrário, eu seria tão culpado quanto a mídia negociante do medo que eu estava condenando."

— *New York Daily News*, 6 de outubro de 2002

"O mais chocante foi quando (Charlton) Heston olhou para a câmera e deixou escapar: 'O problema deste país é a miscigenação.' E eu lá pensando: 'Meu Deus! Não acredito que ele esteja dizendo isso. Isto é o meu filme inteiro.'"

— *Chicago Sun-Times*, 3 de outubro de 2002

## SOBRE *TIROS EM COLUMBINE*

"Tenho certeza de que muitas pessoas irão odiar o filme aqui, mas espero que sejam as pessoas certas a odiá-lo."

— *Denver Post*, 10 de março de 2002

"Eu não quero que as pessoas saiam do cinema deprimidas ou desesperadas. Porque, se vocês se desesperarem, ficarão paralisados. É por isso que há humor no filme. Eu quero que vocês saiam de lá e façam alguma coisa."

— *Pittsburgh Post-Gazette*, 10 de setembro de 2002

"No meu filme, estou tentando ligar os pontos entre a violência local e a violência global, e acho que elas são parte e parcela do estilo norte-americano: mate primeiro, pergunte depois."

— *Sacramento Bee*, 25 de outubro de 2002

*O MUNDO NA VISÃO DE MICHAEL MOORE*

"**A**rmas e Columbine são apenas meu ponto de partida em uma discussão muito maior que eu gostaria que fosse iniciada. Estou muito mais preocupado com o fato de termos enlouquecido do que com a possibilidade de haver ou não muitos malucos armados nos Estados Unidos."

— *Gazette*, 9 de setembro de 2002

## SOBRE O PRESIDENTE BILL CLINTON

"**C**linton fez muitas coisas boas, e fez muitas coisas que eu não gostei."

— *Lou Dobbs Tonight*, 14 de outubro de 2003

"**Q**uando Clinton era presidente, eu o procurei. E se Kerry for presidente, no dia seguinte eu irei procurá-lo também."

— *Time*, 12 de julho de 2004

"**Q**uando ele é aquele sujeito honesto, caipira, que come Big Mac, que toca sax, nós gostamos dele. Mas algumas vozes na sua cabeça ficam sussurrando: 'Moderação, Bill, moderação, e as pessoas irão amar você.' (...) Que vergonha. Que desperdício. Que covarde."

— *Columbus Dispatch*, 15 de setembro de 1996

*O MUNDO NA VISÃO DE MICHAEL MOORE*

"**Q**ual foi o único fato que essa investigação de alguns anos e 50 milhões de dólares (de Kenneth Starr) descobriu? Que homens de meia-idade têm casos com mulheres mais jovens. (...) Eu poderia ter dito isso por 50 dólares."

— *Orlando Sentinel*, 11 de abril de 1999

## SOBRE A GANÂNCIA EMPRESARIAL

"**F**echar uma fábrica no momento em que estiver quebrando recordes de lucro — isso deveria ser crime. Considero isso imoral e obsceno, e deveria haver uma legislação que proibisse isso."

— *Ottawa Citizen*, 27 de setembro de 1996

"**E**m um mundo mais justo, Phil Knight, diretor da Nike, seria obrigado a trabalhar em uma daquelas fábricas na Indonésia."

— *Minneapolis Star Tribune*, 8 de outubro de 1996

*O MUNDO NA VISÃO DE MICHAEL MOORE*

"**É** realmente uma das coisas mais bonitas do capitalismo: eles vendem para você a corda para enforcá-los se acreditarem que ganharão dinheiro com isso."

— *USA Today*, 19 de julho de 1994

"**A**ntes, se você trabalhasse duro e a empresa prosperasse, você prosperava. Agora, a empresa prospera — mas você perde o emprego."

— *Before Hours*, na CNNfn, 17 de setembro de 1996

## SOBRE A GANÂNCIA EMPRESARIAL

"**E**u nunca disse que é errado as pessoas ganharem dinheiro, nem que é errado ser rico. Minha questão é que eu acho errado ser ganancioso, que existe o 'suficiente'. Se você tem um bom salário ou a sua empresa está tendo um bom lucro, por que você precisa deixar mil famílias na miséria e desempregadas apenas para ganhar um pouco mais dinheiro do que no ano passado? (...) É essa parte que eu não entendo."

— *Dallas Morning News*, 11 de abril de 1999

"**N**ão acho correto que uma empresa possa se mudar para o México. Tenho uma ética que é mais importante do que baixos custos com mão-de-obra — é a preservação da família e da vida das pessoas. Já vi famílias serem destruídas pela perda de seus empregos simplesmente porque (as empresas) iriam ganhar mais dinheiro em outro lugar."

— *Orange County Register*, 2 de janeiro de 1990

*O MUNDO NA VISÃO DE MICHAEL MOORE*

"**E**las são gananciosas! Você nunca vai ouvi-las pronunciar palavras como 'isto é suficiente'. (A General Motors) irá fechar todas as fábricas deste país se acreditar que pode ganhar mais dinheiro no México ou em Taiwan."

— *Newsday*, 25 de janeiro de 1990

"**O** ar condicionado permitiu que o Sul se tornasse uma força poderosa e vital. Agora, eles podem sentar em salas refrigeradas em Dallas e (bagunçar) o mundo todo."

— *Dallas Morning News*, 8 de setembro de 2002

# SOBRE *FAHRENHEIT 9/11*

"**N**ós descobrimos que se você entrar no cinema e ficar em cima do muro, você irá cair dele em algum momento durante as duas horas. O filme acende uma chama naqueles que haviam desistido."

— *New York Times*, 20 de junho de 2004

"**P**rimeiramente, minha questão é que os Bush eram tão íntimos dos sauditas que essencialmente fizeram vista grossa para o que estava realmente acontecendo antes do 11 de Setembro. E após o ocorrido, eles negaram."

— *International Herald Tribune*, 18 de maio de 2004

## O MUNDO NA VISÃO DE MICHAEL MOORE

"**N**a semana passada eles fizeram um enorme esforço organizado para atormentar os donos de salas de cinema, a tal ponto que não exibissem meu filme. Esta semana são os apelos à FEC (Comissão de Eleição Federal)* para tirar meus anúncios do ar. Cada vez que eles fazem isso, mais pessoas vão assistir ao filme. Eles divulgam o filme. Então, se tiver algum grupo de direita me ouvindo esta noite, por favor, continue."

— *The Daily Show*, 6 de junho de 2004

"**N**ós tivemos este vídeo (de prisioneiros maltratados pelas tropas norte-americanas) em nossas mãos por dois meses. Eu o vi antes de qualquer uma das notícias de Abu Ghraib. Acho muito constrangedor que um homem como eu, com ensino secundário e nenhum treinamento em jornalismo, seja capaz de fazer isso. Que droga está acontecendo aqui? Isso é patético."

— *New York Times*, 23 de maio de 2004

---

* Em inglês, Federal Election Commission. (*N. do T.*)

## SOBRE *FAHRENHEIT 9/11*

"**É** bastante triste e ao mesmo tempo possível saber que muitos jovens de 15 e 16 anos serão convidados e recrutados para servir no Iraque durante os próximos anos. Se eles têm idade suficiente para serem recrutados e capazes de estar em combate e arriscarem suas vidas, eles certamente merecem ter o direito de ver o que está acontecendo no Iraque."

— Sobre a censura dos filmes, como noticiado no *Leader-Post*, 15 de junho de 2004

"**B**em, é um fragmento de editorial. É a minha opinião sobre os últimos quatro anos da administração Bush. E é assim que eu chamo. Não estou tentando fingir que isso é um tipo de trabalho jornalístico justo e equilibrado, apesar de saber que aqueles que usam as palavras 'justo e equilibrado' freqüentemente não o são."

— *This Week*, na ABC, 20 de junho de 2004

*O MUNDO NA VISÃO DE MICHAEL MOORE*

"**M**as eu espero que não aconteça de um cineasta norte-americano fazer um filme sobre os Estados Unidos e este filme não poder ser visto no país. Qual seria a mensagem para o resto do mundo? Não seria uma boa mensagem, portanto eu espero que em breve nós tenhamos um distribuidor norte-americano."

— CNN.com, 6 de maio de 2004

"**É** um trabalho de jornalismo. É o jornalismo real que os jornalistas deveriam estar fazendo."

— *Fort McMurray Today* (Edmonton, Alberta), 22 de junho de 2004

## SOBRE *FAHRENHEIT 9/11*

"Sabe, o modo como me senti depois de ver todos aqueles números, todas as enquetes e todas as pesquisas de opinião que eles fazem com os espectadores, ficou claro para mim que existem muitas pessoas neste país que querem respostas e estão insatisfeitas com o que está acontecendo."

— *The Tavis Smiley Show*, 29 de junho de 2004

"Eu encorajo todos os adolescentes a assistirem ao meu filme, que é pelo menos necessário. Se você precisar entrar escondido, me avise."

— Associated Press, 23 de junho de 2004

## SOBRE ARMAS

**"S**ó estou pedindo a nós, norte-americanos, que olhemos para essa cultura violenta que criamos. A violência que acontece pessoalmente, em nossas comunidades e no mundo todo."

— CNN.com, 16 de outubro de 2002

**"T**oda pesquisa mostra que as pessoas acreditam no controle de armas."

— *Los Angeles Times*, 9 de outubro de 2002

*O MUNDO NA VISÃO DE MICHAEL MOORE*

"De 11 mil assassinatos com armas nos Estados Unidos, eu acredito que 500 são assassinatos porque um estranho invadiu uma casa. Existem 270 milhões de pessoas no país e 500 vezes um estranho entrou em uma casa e matou alguém. Mas existe uma estatística interessante aqui. Dessas 500, 200 foram mortas com a própria arma ou porque o criminoso pegou a arma ou porque a pessoa matou um membro da família por acidente. A chance de você ser acertado por um raio é três vezes maior do que a de um estranho entrar em sua casa e matar você com uma arma. Mas você não tem medo de andar na chuva, não é?"

— *Milwaukee Journal Sentinel*, 30 de outubro de 2002

## SOBRE ARMAS

"Poderíamos nos livrar de todas as armas e decretar um monte de leis severas para controle de armas, e ainda assim partilharíamos aquela psique norte-americana. Ainda teríamos aquele medo comum de que 'alguém' irá nos ferir. Enquanto nos sentirmos assim, continuaremos resolvendo nossas questões de uma maneira violenta, pensaremos primeiro na violência em vez da negociação pacífica ou do compromisso."

— *Houston Chronicle*, 26 de outubro de 2002

*O MUNDO NA VISÃO DE MICHAEL MOORE*

"**A** NRA\* tem quatro milhões de membros. Eu sei que existem cinco milhões de norte-americanos que concordam comigo nessa questão, então eu pensei: eu convenço os cinco milhões a entrarem de sócios, concorro com Charlton Heston à presidência e desmantelo a organização? Depois de alguns meses eu achei que isso iria dar muito trabalho, mas eu já tinha adquirido por 750 dólares um título de membro vitalício."

— *Entertainment Weekly*, 25 de outubro de 2002

---

\* National Rifle Association (Associação Nacional de Rifles). (*N. do T.*)

## SOBRE ARMAS

"**N**unca acreditei na 'boa teoria germânica' de que 'Eu apenas conduzi o trem para o campo'. (Ou, como dizem alguns): 'Eu não a coloquei no programa de assistência social.' 'Eu não coloquei a arma na casa do tio. Eu não sou responsável.' Esse é o estilo norte-americano: 'Eu não sou responsável. Estamos apenas vendendo munição aqui no Kmart. Nós não matamos as crianças em Columbine.' Eu quero mudar isso."

— *Sacramento Bee*, 25 de outubro de 2002

"**M**uitas armas são compradas por brancos que vivem em subúrbios, lugares que geralmente são mais seguros e têm menos crimes. Talvez seja a hora dos brancos perceberem que alimentamos esses medos baseados no racismo que nos faz comprar armas."

— *Chicago Sun-Times*, 3 de outubro de 2002

*O MUNDO NA VISÃO DE MICHAEL MOORE*

"**A**té corrigirmos os problemas com as nossas condições sociais, não é boa idéia termos muitas armas espalhadas por aí. Eu apóio o controle e a restrição de armas de fogo até podermos tratar de algumas dessas preocupações sociais. Quando fizermos isso, poderemos ter nossas armas de volta."

— *Rocky Mountain News*, 7 de março de 2002

## SOBRE A GUERRA NO IRAQUE

"E o mais triste de tudo isso é que mandamos nossos jovens como militares para lá, para quê? Nenhuma arma de destruição em massa, nenhuma conexão entre Saddam e o 11 de Setembro; é só porque eles têm a segunda maior reserva de petróleo no mundo, e quantos mais terão de morrer por causa disso?"

— *The Daily Show*, 6 de junho de 2004

"Porque sou norte-americano e pago meus impostos, eu financio a invasão no Iraque. Então sou, em parte, responsável por isso. Portanto, preciso fazer alguma coisa."

— *Toronto Sun*, 20 de junho de 2004

*O MUNDO NA VISÃO DE MICHAEL MOORE*

"**D**izer que Saddam teve algo a ver com o 11 de Setembro foi genial, porque o povo norte-americano acreditou. As pessoas realmente acreditaram. Funcionou."

— *Democracy Now!* 15 de outubro de 2003

"**O** cara que está sentado no Salão Oval esta noite quer bombardear. Não precisamos de mais inspeções, vamos bombardeá-los logo e depois vemos se eles têm armas. Este é o estilo norte-americano. Eu não gosto disso. Sou norte-americano. Paguei por aquelas bombas e quero que eles parem."

— Ao público no Showcase Cinema West em Flint, Michigan, na estréia de *Tiros em Columbine* em sua cidade natal, 20 de novembro de 2002

SOBRE A GUERRA NO IRAQUE

"Matamos muito civis e acho que teremos de responder por isso — seja agora ou futuramente. (...) Eram seres humanos que estavam apenas tentando seguir adiante com suas vidas."

— *Entertainment Weekly*, 9 de julho de 2004

## SOBRE A MÍDIA

**"J**ornalistas legítimos nos Estados Unidos apoiaram essa guerra, torceram por ela, foram para a cama com a administração, nunca fizeram as perguntas que deveriam ter sido feitas e fracassaram completamente perante o povo norte-americano por não terem feito seu trabalho."

— *Fort McMurray Today* (Edmonton, Alberta), 22 de junho de 2004

**"S**ou um subversivo apenas por omissão, porque o resto da mídia não fez o seu trabalho."

— *Toronto Star*, 19 de abril de 1997

*O MUNDO NA VISÃO DE MICHAEL MOORE*

"**Q**uarenta pessoas por dia são assassinadas por armas de fogo neste país. E os 40 que morreram ontem, ou os 40 que irão morrer amanhã? Eles são menos dignos de notícia, são menos relevantes, sua situação é menos trágica? Ou o franco-atirador (da área de Washington, DC) tornou mais conveniente para as redes de notícias pararem seus equipamentos em um estacionamento onde é mais fácil transmitir a história?"

— *Philadelphia Inquirer*, 22 de outubro de 2002

"**N**ão importa o restante dos eventos do dia, no noticiário das seis eles irão passar quatro ou cinco histórias sobre franco-atiradores. Eles chamam isso de 'pacote'. Pode durar de dez a 15 minutos. E eu posso garantir que no final vocês não saberão nada de mais. Vocês não serão informados. O que essas pessoas estão fazendo é apelar para nossos instintos básicos. Eu chamo isso de 'pornografia franco-atiradora'."

— *Detroit News*, 19 de outubro de 2002

## SOBRE A MÍDIA

"Bem, a (rede de televisão) FOX não me deixou fazer um programa nesta temporada, não em um ano de eleições. Eles ficaram um pouco preocupados que eu pudesse fazer algo desagradável."

— *Toronto Star*, 29 de setembro de 1996

"A questão do jornalismo 'objetivo' é um mito. Você assiste aos noticiários da noite todos os dias (e) eles são parciais. (...) Na noite de Natal... você não vê famílias despejadas de suas casas como vê em (*Roger & Me*)."

— *Christian Science Monitor*, 16 de janeiro de 1990

## O MUNDO NA VISÃO DE MICHAEL MOORE

"Se a mídia tivesse feito seu trabalho, se tivesse feito as perguntas difíceis à administração Bush sobre essas armas de destruição em massa, se tivesse exigido provas.(...) A mídia — e todos os que estão assistindo sabem disso — foi na onda. Pegou a comida e as bebidas e se tornou uma chefe de torcida organizada desta guerra. E isso foi um desserviço ao povo norte-americano."

— *This Week*, da ABC, 20 de junho de 2004

"*Roger & Me* está fazendo o papel que o *Flint Journal* deveria ter feito, e isso é constrangedor para eles."

— *Seattle Times*, 10 de janeiro de 1990

## SOBRE A MÍDIA

"Existe um mito com relação à objetividade por aí, seja em um documentário ou no *Philadelphia Inquirer*. Somos subjetivos por natureza. Até mesmo a decisão do que colocar no jornal e onde colocar é subjetiva."

— *Philadelphia Inquirer*, 22 de outubro de 2002

# SOBRE ELE MESMO

"Eu realmente não tinha feito o chamado sucesso até os 35 anos de idade com *Roger & Me*. Até aquele momento, eu nunca havia ganho mais de 15 mil dólares num ano. Quando você passa os primeiros 17 anos — em outras palavras, metade — da sua vida adulta ganhando 15 mil dólares ou menos por ano, na verdade não importa que tipo de sucesso você faz mais tarde. Isso já está arraigado em você."

— *Time*, 12 de julho de 2004

*O MUNDO NA VISÃO DE MICHAEL MOORE*

"**S**ou um cineasta tentando fazer um bom filme, que seja divertido. Isto é basicamente o que eu tento fazer. Estou expondo meu ponto de vista. Você pode concordar com ele ou não, ou concordar um pouco e discordar um pouco. Se eu sou seletivo no que apresento? Completamente."

— *Milwaukee Journal Sentinel*, 30 de outubro de 2002

"**E**u me encolho quando me vejo nos filmes. Eu tenho um aviso para os editores lerem quando entram na sala: 'Na dúvida, me cortem.'"

— *Entertainment Weekly*, 25 de outubro de 2002

"**N**ão sei por que as pessoas falam comigo. Eu não falaria comigo. Se eu estiver indo na sua direção, pode saber que o dia não será bom."

— *Detroit News*, 25 de outubro de 2002

## SOBRE ELE MESMO

"**E**u, basicamente, faço cheques para as pessoas. Elas me escrevem, me contam o que estão fazendo e eu mando um cheque. Não acho bom ter muito dinheiro de bobeira."

— Em resposta a uma pergunta sobre o que ele faz com a nova fortuna, noticiado no *Times* (Londres), 25 de outubro de 2002

"**E**u não seria (um ativista) se não tivesse alguma esperança. A maioria nunca causou mudança em nenhum lugar do mundo; sempre foi uma pequena porcentagem."

— *Boston Herald*, 18 de outubro de 2002

"**S**ou apenas um cidadão comum que decidiu se envolver."

— *Columbus Dispatch*, 15 de setembro de 1996

## O MUNDO NA VISÃO DE MICHAEL MOORE

"Tenho uma audiência bastante ampla que vai fundo na tendência da maioria norte-americana, e sou umas das poucas pessoas na esquerda que consegue isso, o que me faz sentir muito feliz e privilegiado."

— *Los Angeles Times*, 7 de março de 2002

"Todo mundo acha que me conhece, e por isso pode se aproximar e descer a lenha durante um tempo. Eu realmente respondo a isso e me sinto honrado."

— *Denver Post*, 28 de setembro de 1996

"Não, na verdade o dia em que eu passei em geometria no primeiro ano do segundo grau foi o mais importante."

— Quando perguntado por uma emissora de televisão na estréia de *Roger & Me* se aquele era o dia mais importante da sua vida, como noticiado no *St. Petersburg Times*, 21 de janeiro de 1990

## SOBRE ELE MESMO

"**D**e maneira geral, eu não gosto de documentários. Não gosto desses programas para redes de televisão públicas.
Acho muito entediantes."

— *Christian Science Monitor*, 16 de janeiro de 1990

"**A**s coisas que eu quero não são materiais. Eu tenho dois pares de *jeans*. Se você conversar comigo daqui a um ano, eu ainda terei somente dois pares. Mas talvez eles serão lavados com uma freqüência maior."

— *People*, 15 de janeiro de 1990

"**E**stou casado (com minha esposa Kathleen) há 13 anos e estou muito feliz. Ela também foi criada em um lar católico.
Então temos as mesmas neuroses."

— *Observer*, 28 de agosto de 1994

*O MUNDO NA VISÃO DE MICHAEL MOORE*

"**E**u posso ser convencido, mas sou convencido para o bem das pessoas."

— *Minneapolis Star Tribune*,
20 de setembro de 1997

"**N**ão havia ganho mais de 17 mil dólares por ano antes de 1990. Eu vivi os primeiros 17 anos da minha vida adulta assim. Eu sei como viver com 17 mil dólares por ano e não tenho medo de voltar a fazer isso. Se você pode viver desse modo, ninguém conseguirá comprá-lo, e você sempre dará ouvidos à sua consciência."

— *Boston Herald*, 11 de abril de 1999

## SOBRE ELE MESMO

"**É** algo muito perigoso dar a uma pessoa como eu muito dinheiro. Tenho tão poucas necessidades materiais e tão pouco desejo pelas coisas, que se você puser tanto dinheiro assim na minha mão vou acabar fazendo um estrago. É como me dar um coquetel Molotov."

— *Guardian* (Manchester, Inglaterra), 4 de outubro de 2003

"**N**o dia seguinte à minha eleição (para o conselho escolar), o diretor assistente trocou meu nome de 'Ei, você!' para 'Sr. Moore', e de repente eu percebi que estava em uma posição na qual poderia fazer algum bem."

— *Los Angeles Times*, 3 de outubro de 2003

*O MUNDO NA VISÃO DE MICHAEL MOORE*

"**P**articularmente, foi muito difícil. Eu tive de agüentar muitas ameaças de violência e assédio... Minha casa sofreu com vândalos. Há uma parte de mim que se arrependeu de ter dito qualquer coisa porque acabei colocando minha família em perigo."

— Sobre a vida dele após o discurso na entrega do Oscar em 2002, como noticiado no *Rocky Mountain News*, 16 de outubro de 2003

## SOBRE *ROGER & ME*

"Existe muito ódio em *Roger & Me*. Eu acho saudável sentir raiva. Queria que as pessoas saíssem do cinema com raiva, não deprimidas. A depressão só afunda você."

— *Columbus Dispatch*, 15 de setembro de 1996

"O presidente da GM (Roger Smith) disse que ainda não viu o filme, então eu pensei... vou dar a ele a primeira cópia do videoteipe."

— *Orlando Sentinel*, 21 de junho de 1990

*O MUNDO NA VISÃO DE MICHAEL MOORE*

"**N**ão é um programa da NBC nem um episódio de *Nova*. Aos guardiães dos documentários, peço desculpas pelo filme ser divertido."

— *Australian Financial Review*,
4 de maio de 1990

"**A** Warner Brothers não está promovendo o filme porque está na linha de frente da revolução política. Eles estão fazendo isso porque acham que vão ganhar dinheiro."

— *Boston Globe*, 30 de abril de 1990

## SOBRE *ROGER & ME*

"Liberais e *yuppies*, as pessoas que lêem Pauline Kael no *New Yorker*, prefeririam ver pessoas como nós como vítimas. Eles mostram a vocês imagens de filas de pessoas na assistência social, filas de desempregados, senhoras pedintes, pessoas dormindo nas ruas.
É isso o que se vê nos noticiários da noite. Nenhuma dessas imagens está no meu filme."

— *Sunday Herald*, 29 de abril de 1990

"Sempre que uma pessoa surge e tenta levar uma forma de arte para uma nova fase, encontra resistência por parte daqueles que se consideram guardiães da antiga chama."

— *Herald*, 23 de março de 1990

## O MUNDO NA VISÃO DE MICHAEL MOORE

"**S**ou parcial. O filme tem um ponto de vista, mas eu não distorci os fatos nem, como (o crítico) Harlan Jacobson diz, brinquei com a verdade para impor a minha visão política. Existe uma certa licença cômica que é preciso ser levada em conta no filme."

— *New York Times*, 1º de fevereiro de 1990

"**E**u acho que descreveria *Roger & Me* como uma comédia sombria, algo entre *As vinhas da ira* e *pee-wee – meu filme circunse*."

— *People*, 15 de janeiro de 1990

"**O** riso é uma ferramenta política. As pessoas podem rir de Roger Smith e dos ricos no filme. Rir de si mesmo e dos outros é um ato político, porque existem muito poucos caminhos hoje em dia para você se expressar contrariamente à situação que se apresenta."

— *Newsday*, 25 de janeiro de 1990

## SOBRE *ROGER & ME*

"Eu queria fazer um filme a que as pessoas assistissem sexta-feira de noite no *shopping* comendo pipoca. Eu gosto de ver filmes como *Duro de matar*, *Robocop* e *Pee-wee – meu filme circense*, e não *Mulheres à beira de um ataque de nervos*. Eu não quis fazer um filme para os críticos de arte."

— *USA Today*, 18 de janeiro de 1990

"Nunca fiz nenhum curta, nenhuma experiência em oito milímetros, nenhum vídeo. Continuo sem saber programar meu videocassete."

— *Seattle Times*, 10 de janeiro de 1990

*O MUNDO NA VISÃO DE MICHAEL MOORE*

"**A**s coisas não vão mudar amanhã. Mas é um pouquinho do que eu espero ser um mosaico de pessoas se tornando ativas na década de 1990. Isso é algo que eu realmente gostaria de ver acontecendo. E se eu, ou este filme, puder contribuir para isso de algum modo, será ótimo."

— *Christian Science Monitor*, 16 de janeiro de 1990

"**O** presidente da GM recentemente disse que se recusa a ver o filme porque ele 'não gosta de humor negro'. Qualquer um que corta 35 mil empregos quando sua empresa está lucrando 5 bilhões de dólares tem de gostar de humor negro."

— *Macleans*, 15 de janeiro de 1990

## SOBRE *ROGER & ME*

"Eu apenas pressupus que um grande número de norte-americanos sabe que está sendo ferrado. Eu não preciso passar a primeira meia hora do filme explicando isso a eles."

— *Newsday*, 17 de dezembro de 1989

"Sei que parece tolice, mas, no início, eu realmente pensei que (Roger Smith) pudesse me receber. Minha idéia era fazê-lo vir a Flint, passear com ele em uma van com a porta aberta e a câmera rodando e entrevistá-lo, e talvez ele pudesse explicar tudo. Eu visualizei algo como uma entrevista do *60 Minutes*."

— *St. Louis Post-Dispatch*, 14 de janeiro de 1990

*O MUNDO NA VISÃO DE MICHAEL MOORE*

"**S**e o Sr. Smith tivesse vindo a Flint, eu iria esperar que ele pedisse demissão e fosse trabalhar em um restaurante. Ele precisa ver o impacto social da decisão que tomou."

— *Guardian* (Manchester, Inglaterra),
12 de janeiro de 1990

"**E**u acho que fazer as coisas à custa dos outros foi bom para mim e para o filme. Por mais que eu pense que se tivesse um milhão de dólares antes de começar o filme eu teria feito a mesma coisa, eu duvido muito. Existe algo a ser dito pela luta."

— *Chicago Tribune*, 7 de janeiro de 1990

"**S**e pudermos abrir o sigilo e ver o que as empresas dos Estados Unidos fizeram com Flint, aí talvez os espectadores passarão a se preocupar um pouquinho com suas próprias cidades."

— *San Francisco Chronicle*, 7 de janeiro de 1990

## SOBRE *ROGER & ME*

"Eu fiz esse filme por questões pessoais e políticas. Veja, os sem-teto não caíram simplesmente do céu. E queremos descobrir os responsáveis. Queremos dar nomes aos bois."

— *New York Times*, 28 de setembro de 1989

"Acho que Roger (Smith) disse algumas coisas à imprensa. Ele disse que não irá assistir porque não vai gostar. Disse que sente muito pelas pessoas em Flint porque elas vão sofrer ao longo desse filme. Ha, ha! Eles têm um índice de assassinatos mais alto que o de Detroit."

— *Toronto Star*, 16 de dezembro de 1989

# SOBRE *STUPID WHITE MEN*

"**V**eja bem, eu tenho alguma empatia com a HarperCollins. Não existe um livro de regras para como reagir ao 11 de Setembro. Eles estavam tentando achar o caminho deles. Mas como uma editora deve se comportar em um momento de crise? Você assume a abordagem rápida e fácil dos regimes totalitários ou diz: 'Que se dane, vamos lançar o livro, não é para isso que temos liberdade?'"

— *Philadelphia Inquirer*, 6 de janeiro de 2002

*O MUNDO NA VISÃO DE MICHAEL MOORE*

"**A**s pessoas são mais espertas e liberais do que se pensa. Eu nunca sonhei que *Stupid White Men — Uma nação de idiotas* pudesse estar na lista dos *best-sellers*, mas está lá. Não acredite que a maioria das pessoas é de direita como o pessoal da direita costuma dizer. Isto não é verdade!"

— *Christian Science Monitor*, 4 de outubro de 2002

"**P**ara este livro chegar a ser o número um, significa que eu estou sendo lido pela maioria das pessoas do centro dos Estados Unidos. Agora, o que eu faço com isso?"

— *U.S. News & World Report*, 1º de abril de 2002

"**E**u disse (para a HarperCollins): 'Deixe-me esclarecer isso. Vocês querem que eu pague a vocês pelo direito de me censurar? Não vou reescrever 50 por cento de uma só palavra."

— *Rocky Mountain News*, 7 de março de 2002

## SOBRE *STUPID WHITE MEN*

"**A**ssistir a essa resposta esmagadora (ao *Stupid White Men*), vê-lo ultrapassar todos os livros conservadores e de direita nas listas de *best-sellers*, me faz ver que existem muitos de nós aí fora. Mais do que achamos e mais do que eles acham que existem, e essas pessoas não vivem apenas nas Berkeleys, Ann Arbors ou Madisons deste país. Elas estão em todos os lugares e tiveram de ficar caladas durante os últimos cinco ou seis meses."

— Discurso perante o Commonwealth Club,
4 de março de 2002

# SOBRE PARTIDOS POLÍTICOS

"Eu não acho que alguém realmente saiba o que esses termos (republicanos e democratas) significam. Esses dois partidos existem para cumprir ordens dos dez por cento mais ricos, que pagam a eles para estarem lá; e os outros 90 por cento dos eleitores norte-americanos não têm um partido político. Na verdade, esses são a maioria dos votos na urna, e eu acho que a hora é muito oportuna para os independentes."

— *Crossfire*, 8 de agosto de 2002

*O MUNDO NA VISÃO DE MICHAEL MOORE*

"Os democratas e os republicanos são tão parecidos, apóiam obedientemente o mesmo sistema que levou à ruína tantas famílias, que o cidadão comum não dá a mínima para o que eles têm a dizer. Eles sabem que votar não melhorará nem um pouquinho as suas vidas."

— *Denver Post*, 3 de novembro de 1996

"O fantástico dos republicanos é que mesmo quando são pegos de calça arriada não estão nem aí."

— *Pittsburgh Post-Gazette*, 17 de julho de 1994

"Se os democratas quiserem vencer, eles vão precisar de uma espinha dorsal e começar a agir como democratas e não como republicanos. Os republicanos já têm um partido. Ele é chamado de Partido Republicano."

— *Lou Dobbs Tonight*, 14 de outubro de 2003

## SOBRE PARTIDOS POLÍTICOS

"Quer dizer, este é um partido (Democrata) que não pode sequer ganhar quando ganha. Eles perdem quando ganham, não se pode ser mais patético que isso. Nós precisamos salvá-los deles mesmos."

— *Entertainment Weekly*, 9 de julho de 2004

"Vejo (o Partido Democrata) como o problema. Ele cria a ilusão de esperança. Eu quis mostrar às pessoas (em *Roger & Me*) que isso não tem nada a ver com os democratas ou com os republicanos. Nós temos um sistema de partido único com duas cabeças."

— *Newsday*, 25 de janeiro de 1990

"E Arnold (Schwarzenegger) pela primeira vez demonstrou que os republicanos tiveram de se tornar mais liberais para serem eleitos."

— *San Jose Mercury News*, 20 de outubro de 2003

# SOBRE *TV NATION*

"*TV Nation* era transmitido na NBC, depois foi para a FOX e depois para a Comedy Central. Eu via para onde aquilo estava indo.
Não queria acabar em um canal de gastronomia."

— CNN.com, 27 de abril de 1999

"Nos reuníamos todas as semanas e nos perguntávamos: 'Como faremos para que as pessoas que assistem a *Três é demais* assistam ao nosso programa, já que sabemos que eles irão gostar? Como faremos para eles deixarem de lado as gêmeas da série?'"

— *St. Petersburg Times*, 27 de dezembro de 1994

## *O MUNDO NA VISÃO DE MICHAEL MOORE*

"**E**u não acredito que a televisão seja uma igreja e não acho que as pessoas liguem a televisão para ouvirem sermões. Se decidimos ir para a televisão, é porque achamos que as pessoas devem se divertir durante aquela hora enquanto se informam sobre o que está acontecendo."

— *Times* (Londres), 16 de julho de 1994

"**P**or um lado, eu temo pelo país. Por outro, precisaremos de menos roteiristas para o programa. O material já estará pronto para nós."

— *Boston Globe*, 28 de dezembro de 1994

"**Q**uer dizer, este não é o programa mais fácil de se gostar porque ele tem o seu próprio gênero; ele não se encaixa em nenhuma outra coisa, então não é o que as pessoas estão acostumadas a ver na televisão."

— *Houston Chronicle*, 28 de dezembro de 1994

## SOBRE *TV NATION*

"**N**ão vou esperar a emenda constitucional sobre oração ser aprovada. Eu insisto que todos em *TV Nation* reservem um minuto do dia para rezar pelo país."

— *South Florida Sun-Sentinel*,
28 de dezembro de 1994

"**P**egamos duas formas que parecem se opor — comédia e documentário — e as combinamos. Garantimos que tudo o que você vê é verdade. Tudo o que você vê é como nós filmamos. Embora tenhamos injetado nosso ponto de vista e nosso senso de humor no trabalho, para que haja nele um quê subversivo."

— *Los Angeles Times*, 19 de julho de 1994

## *O MUNDO NA VISÃO DE MICHAEL MOORE*

"**E**les sabiam no que estavam se metendo. Quando me perguntaram o que eu faria se me dessem uma hora na televisão, achei que tinham convidado a pessoa errada. Talvez eles estivessem atrás de outro Michael Moore. Talvez estivessem procurando o Roger Moore, ou o Dudley Moore. Sei lá."

— *Philadelphia Daily News*,
19 de julho de 1994

"**A**s pessoas sabem quem sou, e ainda assim conversam comigo. Existe alguma coisa sobre estar na televisão e no cinema que parece atrair todo mundo."

— *Toronto Star*, 19 de julho de 1994

## SOBRE *TV NATION*

"Como eu consegui colocar *TV Nation* na NBC? Eu não tenho outra resposta para esta pergunta a não ser o fato de estarem em terceiro lugar e estarem dispostos a assumir alguns riscos."

— *Observer*, 28 de agosto de 1994

"Não nos encaixamos em nenhuma divisão na NBC: existem Notícias, Entretenimento e Esportes, e dentro de Entretenimento há Comédia e Drama. Não somos notícia, mas nos baseamos em fatos reais, e entretemos, pelo menos eu espero que sim. Mas não sei a que grupo pertencemos."

— *Newsday*, 10 de julho de 1994

# O QUE AS OUTRAS PESSOAS DIZEM SOBRE MICHAEL MOORE

"**I**nsultuosamente falso."

— Dan Bartlett, diretor de comunicações da Casa Branca, sobre o conteúdo de *Fahrenheit 9/11*, que afirmava uma conexão nefanda entre o Presidente Bush e a família de Osama bin Laden, como noticiado no *New York Times*, 20 de junho de 2004

"**N**ão temos muito tempo livre ultimamente, e quando tivermos para assistir a um bom filme, escolheremos *Shrek* ou outro filme agradável desse tipo."

— Dan Bartlett, diretor de comunicações da Casa Branca, 25 de junho de 2004

*O MUNDO NA VISÃO DE MICHAEL MOORE*

"**E**ste não é o *New York Times*; não é uma reportagem de notícias para a televisão. Os fatos precisam estar corretos, sim, mas esta é a visão de um indivíduo sobre acontecimentos atuais. E eu realmente acredito que é direito de todos examinarem as ações de seu governo."

— Dev Chatillon, ex-conselheiro-geral do *New Yorker*, como noticiado no *New York Times*, 20 de junho de 2004

"**M**ichael Moore é politicamente irrelevante e não tem o prestígio que o Sr. Heston tem em Hollywood."

— Andrew Arulanandam, porta-voz da Associação de Rifles Norte-americana, *Daily News*, 6 de outubro de 2002

## O QUE AS OUTRAS PESSOAS DIZEM SOBRE MICHAEL MOORE

"**D**evemos processar ou colocar anúncios no jornal contando a nossa versão? Nossa equipe de relações públicas disse para não fazermos nada, para não tornarmos as coisas maiores do que já estão."

— Roger Smith, presidente da General Motors, comentando sobre *Roger & Me*, como noticiado no *Chicago Tribune*, 10 de fevereiro de 1990

"**O** Sr. Moore tem todo o direito de produzir e exibir filmes que expressam seus pontos de vista radicais. Ele está fora do *mainstream*. (...) Este é um filme que não precisa necessariamente ser visto para sabermos que está repleto de incorreções factuais."

— Dan Bartlett, diretor de comunicações da Casa Branca, 25 de junho de 2004

*O MUNDO NA VISÃO DE MICHAEL MOORE*

"**N**osso departamento legal está louco para trabalhar com Michael."

— Ed Carroll, vice-presidente executivo e gerente-geral da Bravo e do Independent Film Channel, como noticiado no *Dallas Morning News*, 21 de janeiro de 1999

Este livro foi composto na tipologia Univers 55,
em corpo 9/12, impresso em papel off-white 90g/m$^2$,
no Sistema Cameron da Divisão Gráfica
da Distribuidora Record.